途上

渡会やよひ

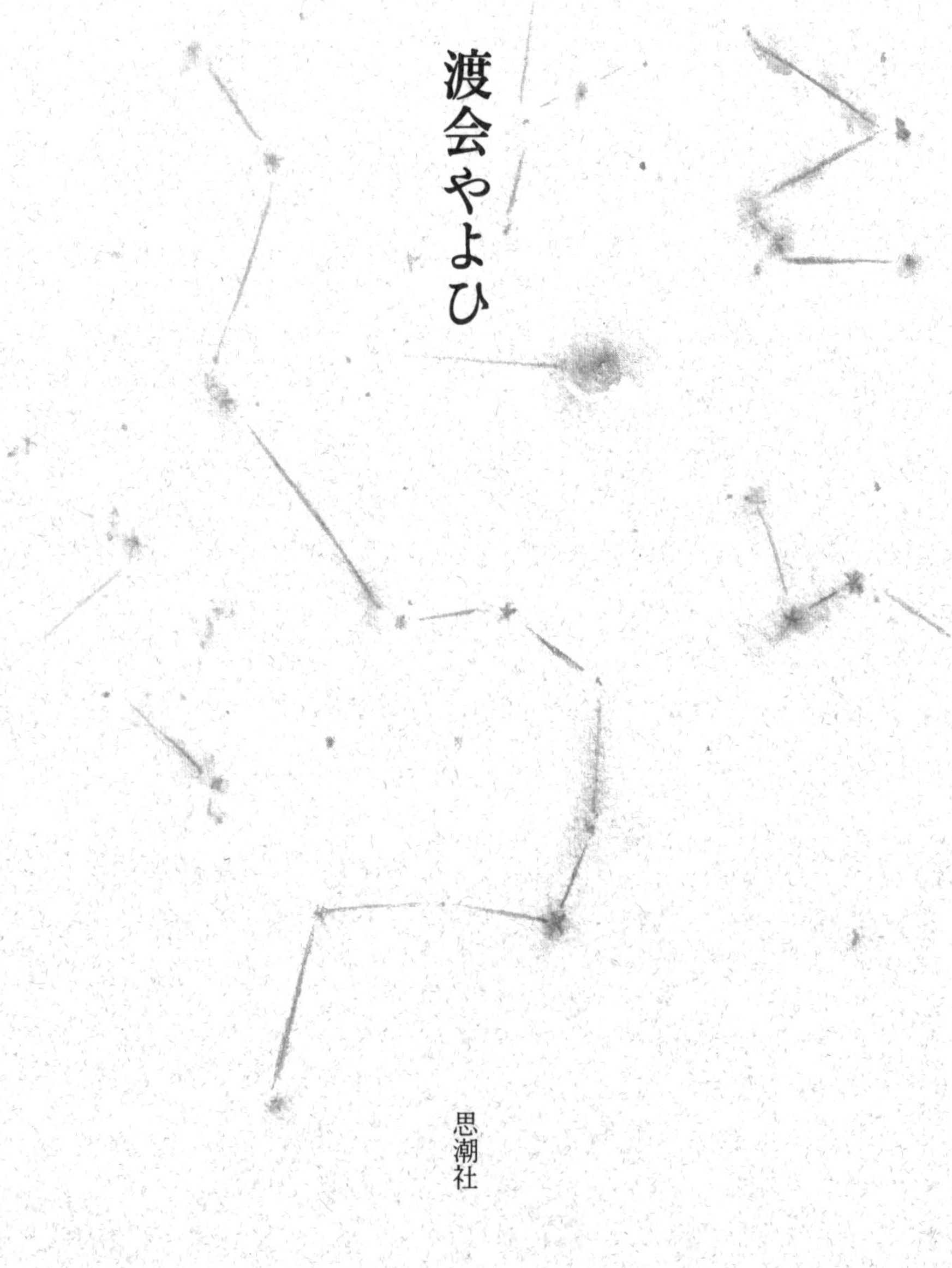

思潮社

途上　渡会やよひ

装幀＝思潮社装幀室

I

声

晩秋の公園を歩くと
雪虫は頰を打ってくる
嘴に藻をからませて
鴨は水に浮かんでいる
可憐なイワアカバナは滅んでいる
黒い骸ははしゃぎすぎたヤナギラン
この音のないモノクロの世界に

声は不意に散らばってくる
〈ホントノ答エヲ探シ出ソウ〉
〈ナリタイ自分ヲ見ツケヨウ〉

キササゲの木の下で
袋のような白い息を吐きながら
数人の男女が話している
顔の見えないその人たちの渇望は
熱を帯びて地面を暖めるが
声は木々の間をすり抜けて夕空へ拡散し
散策路は
ただ凍えるために
無数の蕾を用意する白薔薇に続いていて

その冬の不毛の始まりにたたずんでいると
木立を縫っておぼつかぬ足取りのいきものが
綱に曳かれて歩いてくる

〈見えるの?〉
初老の婦人の知的な声だ
ほの白い緩慢ないきものは
現象としてのわたしをさぐっているらしい
〈目が悪いのですか〉
たずねると
〈もう老犬なんです〉

深い声と少しの沈黙を残して
婦人がたち去ってゆくと

不意に枯れ草が頬に触れ
生成に忠実だった腕と脚は折り曲げられて
土のにおいに顔を埋《うず》める

〈ホントノ答エヲ探シ出ソウ〉
〈ナリタイ自分ヲ見ツケヨウ〉

鼓笛のような声が遠ざかってゆき
綱のようなものに首を曳かれた
〈見エルノ？〉
誰の声だ
〈モウ老犬ナンデス〉
おののきながら声のほうに目を凝らした

つけられた名も忘れて
なつかしい深い闇に
尾を振った

真夜中のポニー

砂地に疲れたわずかな草が瞳を閉じると
暗がりの中で水道の蛇口がほんのり光る
ここはホテルの中庭ですから
徘徊するほど広くはなくて
出口はどこかにあるのだけれど
外には知らない闇があるだけ
風は遠くの岬のもので

地衣類が唄う断崖の歌が
とぎれとぎれに聞こえてきます
いくつもの輪につながれ
はずされて
移動と滞留をくりかえし
いつからか
ここにいるのだけれど
茶碗のような空の井戸から
ときにはげしく星が降っても
世界はいつも遠くにあって
枯れ向日葵が首を垂れ
プラスチックのバケツのころがる
まるい草地を歩き回って
この夜更け

蒸気にくもるガラス戸に
大きすぎる顔を押しつけても
渡り廊下の灯りの下を
無心に進む老いた姉さん
あなたの方へ
入っていけない
わたしは
ただの
からだの小さな
馬です

はと

衿の模様は
昨日の午後の虹のようでも
高く飛翔するという親戚からはとおくて
晴れた日
雨の日
ちりぢりの落ち葉
ついばんでいるうち

どこか同胞《はらから》みたいだからと
ついて歩き
まとわりつき
長くつづく刑罰のように
待ち伏せ
懇願
していたら
もう
戻れないのだ
あの噴水と光合成のある世界に
見慣れぬ街路を歩き廻り
途方に暮れて
ももいろの 趾《あしゆび》 を
マンホールの蓋にのせてみると

はるか下方で水音が聞こえる
あの冥い流れも
果てしなく何処かへつづいているのなら
この張りすぎる胸骨と翼角を
ハンガーのように拡げ
どこまでものびる
アスファルトの銀河で
いつか
ひらべったい
星座になれる

類従

動物園のはずれで
不意の情動にとらえられるのは
枯れた雑草ゾーンに
盛り砂があるからだ
目路をさえぎり
陥没の危うさに寝そべって

油断なく荒んでいるもの
かぎりなく凝縮するものであり
美しく崩れるもの
それはまた獣舎を離れた虎ではないか
ゆるやかにカーブするその背中
翳る幾条かの創《きず》の縞
まだ何ものにもならない
代赭色の気高い憧憬
渡れるだろうか
その一刷毛の稜線を
吹き上げる風に虎落笛のようにこたえれば
近づけるだろうか
その激しく均衡するものに
砂　とら

虎　すな

晩秋の汗をたらすケヤキではなく
薄目をあける小暗い小屋ではなく
砂の無数の微小な眼窩から
あの果てしなく極まる二つの眼に
金色にかがようさみしい尾に
つながることができるのだろうか
夕闇の内壁に響きわたる守衛の
放逐と幽閉の点呼を聞きながら
地に伏す枯れ草を踏み
ひややかにやさしい音楽にくるぶしを埋《うず》められ
　砂　とら
　　虎　すな
見知らぬものにただ類従を願い

この結界を
はみだしてゆく

消息——Nに

病室に西日が入ると
不意の贈り物のように
壁が明るくなるので
影絵遊びをする

両手でキツネを一匹ずつ

〈ヤア　コンニチワ
〈今日ハイイ天気

向かい合って立ち話
背景の空もなごんで
何処かで草も揺れていて

それから両手を交差させ

〈デハ　オ元気デ
〈ゴキゲンヨウ

振り向き加減に別れてゆくが
病気の人はベッドの上で眠りつづける

夜わたしは自転車に乗り森へ帰るキツネだ
灯りのともる家々や電信柱のある森は
なかなかたどりつかないが

西日の中で別れたキツネも
夜更け病室を抜け出し
自分の森へ帰るだろう
沐浴をしに
歌をうたいに
あるいはあたらしい仕事をさがしに

夜は深く
ふたつの森は

どこからも
見えない

臨界

堅く架けられた橋の上の
堆積した黄色い土を踏んで近づいてゆくと
遠くから波打って見えたものが破れた屋根だとわかり
封印されたものはそこから霧散しているのだから
葎が絡んでたどりつけない玄関先に
揺れている白いハギの
赤いと思っていたのは

記憶違いでなかったかもしれない
庭の周りのグミもカリンズも
当然息絶えていて
なつかしさは行き場がなくて途方に暮れるのだ
〈コンナ土地相続シテモネ…〉
そう言って裏手へ回る姉の後をついてゆくと
沢へ抜ける道は誰が刈ったのか
賑わしい鋭さでヨシの切り口が出迎えてくれたのだが
ここにあった池などうかがうべくもなく
両脇の色づき始めたイタドリがひんやり風を通してくる
それでも思いがけない沢水のわずかな面《おも》が見えてきて
走り寄り
〈ココニ跳ネテイタ、山女、岩魚…〉
〈集マッテ咲イテイタ、延齢草…〉と

重なる記憶を語り合えば
崖の上の落葉松は光の飛沫と清らかな風の歌声を
しきりに頭上に降らせるのだ
すだまも火玉もみんな霧散し
家は崩れて安らっているのだから
擦り傷つくらぬよう葎かき分け戻るとき
〈ア、蛇…、キットオ父サンダワ！〉
姉が小さく叫んだから
笑いながら駆け寄って
かげろう草間に目を凝らせば
葎の中に欠落のように空いていた
さっきの水の冥《くら》がりの方へ
躊躇いがちに滑ってゆく
小さな蛇のみどりの光が

きれぎれに
見えた

邂逅

うららかな春の日の午後
街はずれの廃屋の
白く光る表札に呼び止められる
剝き出しの前庭の奥の
いくぶんかげろう文字によれば
（小池ますよ）さん
ここはあなたの家ですね

あなたはここで
名前を呼ばれ
柱時計のネジを巻いた
いまは破れたカーテンのかかる二階の窓から
とおく霞む桜山をながめ
ときには高い飛行機雲を仰いだ
いまは傾きベニヤも剝げた雨戸を閉めて
部屋の明かりを何度もつけた
その錆びついた玄関の引き戸を
たくさんの出来事がおとずれ
履き物は何度も脱がれ
抛り投げられ
そして

（小池ますよ）さん
こんなうららかな春の日に
あなたは棺の人となったのでしょうか
だから
朽ちてゆく家の
風化を拒む骨である表札が
呼んだのでしょうか
非在となった人の
いまだ立ち続ける名前が
呼んだのでしょうか
（小池ますよ）さん
歩道に張り出した前庭の
まどろみからさめた瞳のようなクロッカスにしゃがみ込み
もう一度あなたの名前をつぶやいてみると

角の古びた信号を渡り
芽吹きはじめた街路樹の光陰の中
コンビニの白い袋を提げた
（小池ますよ）さん
なつかしいみしらぬあなたが
この街に遍在するひとりの
（小池ますよ）であるわたくしに向かって
ゆっくり
歩いてきます

PLANETARIUM

目覚めると夜だった
高く光っているのが星だとわかった

周りに野はあったが
複写されたように音はなく
揺れ動く気配は
埋められた頭蓋のようでもあった

間断なく無数の記憶を剝がしているのは
建物だろうか時間だろうか
天空ではいましも
白鳥座がささやかな希望を垂らすところだ

地平線にいずれ消え去る跡をつけて
うずくまったかたちを変えようとすると
半球がわずかにいきみ
見ず知らずの影とともに押し出された

外もまた夜だった
木々は眠っていた
たぐりよせるものはなにもなかった

足下で露に濡れているのが
ドクダミの白い花だとわかった

光の条

滑りやすい階段を降り
岩のざらつきを確かめながら
忘れられた湯場の
暗い湯面に身をしずませると
かつて何ものかであった自分が
象られた記憶を求めて
浮き上がろうとするのだが
背後の繁みの

接触の悪い照明灯から
聞こえてくる
じりり、
じりり、
という音が
火取蛾の燃える音なのか
ひきつれを持つ半身のたてる音なのか
いぶかしくて
どこかはるかな境界の
見知らぬ石窟から届く
光の条《すじ》に
湯に焼けた顔を
ただ
射抜かれている

不可解な建物

その建物がいつからあったのか
思い出せない
気がついたら
そこに住んでいた

どこか欠落のある建物だったので
屋根裏に山猫を飼い

風通しの悪い階段をのぼった
中庭にデージーを育て
盲蜂のようにその睫をくすぐった
気まぐれな荒星が天空で囁くのを感じながら
部屋という部屋で細編みを編んだ

欠落を忘れかけたころ
遠くの割れた岩山に虹がたって
失われていた欠片が戻ったように
納骨室の扉が嵌め込まれた

建物は完成し
新しい欠落が
またどこかで始まった

Ⅱ

途上

電車に乗ると
すれちがってゆく見知らぬ家に
親しかった人を見ることがある

たとえば
うららかな春の日の縁側には
祖父が座っている

しろい顔をほころばせて
そばで話しかけているのは
遠いむかしの手伝いの娘
庭には桃の花が咲いていて
池の中ではときおり鯉が跳ねている

またある夕べには
見おろして過ぎる白壁の家に
歌を詠む青年とまだ若い叔母が住んでいる
生真面目なふたつの影を落としながら
くすんだ燭台の下で
古びた拾遺集を読んでいる

なだらかな丘陵の莢に守られた家には

むかし初瀬で泣きながら
観音にぬかずいた友とその祈られた人
その隣の家には
憎み合うことで生きた
もう憎み合うことのない父と母
襖絵の鶴は老いることなく
裏庭の空き地には頭髪のような草が繁っている

またある夜更けには
鉄橋の下のアパートの明かりの灯った窓の中に
始まりも終わりもやすやすと超えて
わたしから分かれたわたしが
もう会うことのない人と住んでいる
器用に果物を剝き灌木に水をやり

はるかな星座を仰ぐように
二人一緒にこちらを見ている

けれど
どんなときも
わたしは通り過ぎていく
親しい人が残していった分身を
幸せを願う女となった見知らぬわたしを
行き先のない電車に乗って
激しい速さで通り過ぎていく

ムクゲ

地上はいつもなだらかだから
空がときおり張りつめても
人の貌した水鶏を見にゆき

三白眼の仔犬の話
乗り間違えた電車の話

日陰をえらんで歩いてゆくのに
影はいくども接近して

昆虫を殺す話
眼疾の話

公園にはいつも花が咲いていて
昨日は蒼いハマナスだった
一昨日は黒いスズランだった

血はときおり小さな瘤の起伏をつくり
暗い野を波打って
けわしく聳える山塊にまで
たどり着こうとする

伸び上がりしゃがみ込み
噴水のダンスは果てしなく
どこまでもゆけるのに
地上はいつもゆくところがなくて

また駅名の話
死者の話

あの公園この公園
どの公園にも果てがあふれていて
生け垣のそばの釘の打たれたベンチに座ると
足下の果ては激しくなだれ落ち

落ちないように
落ちないように

手をのばせば
半身をとおく銀河のようにしぶかせて
互いの見知らぬ果てがあり
在らなければ無いこの果てしない果てに
張りつめる夕闇を割って
垂直に落ちてくる
今日のム・ク・ゲ

草の戸

七月の低い空の下で
縦笛の練習をすると
雑草はすぐ伸びた
藍染めの暖簾をくぐるたび
形を変えた草の戸を閉じたのは
もう川では泳がない姉だったのだろうか

戸は閉じられまた開かれる

声のきれいな友達の細い顎をした弟が
くぐっていったのは水の戸
茱萸の実が川辺にあかく映って
その日から岩魚は澱んだ淵に棲む

ひっそりと月の戸を開けたのは
若い叔父だった
山の向こうに何がある
誰もが知りたかったのに
巨きな象のいるという
見知らぬ森にいったまま
いつまでたっても戻らない

土の戸を開けたのは父だった
手のひらだけが大きくなって
呼んだのだろうか
拒んだのだろうか
ひねもす灰が風巻《しま》いたから
翌朝は眩むばかりの銀世界

兄には似てはいなかったのに
独房で縊死した少年に涙した母は
死人が出るたび霜の戸を閉じて
アザレアの鉢を避け
ベッドの周りに塩をまく

火の戸を閉じたのはわたしだった
納屋の中で燃え上がる
赤いカンナが好きだったから
黒い焼け跡は見にいかなかった

高殿

空いたテナントに住む人に会いにいく
空いたところを移動しているのに
なぜかどこも高殿だ
そこにはいつも風が吹いていて
ドアはあったりなかったり
小さな窓には藍色の夕空
傾ければ映るテレビが一台

思えば
その人はよく間違った
線路わきのマーガレットは
線路わきのガーマレットだった
並ぶチューリップは
並ぶリューチップだった
間違えれば楽しくて
正しければつまらなかった
大きなニレの木はレニの木
瞬くネオンはオネンだった
シャンデリアはデンシャリア
ながれ星はがなれ星
間違えれば正しくて

正しければ間違いだった

空いたテナントは
三階だったり地下だったり
けれどどこも高殿だ
そこにはいつも風が吹いていて
夕空の毛布が一枚
傾ければ眠る時計が一つ

間違い続ければよかったのに
正さなければよかったのに
帰り際その人は言ったのだ

「ハンガーにマフラーを忘れているよ」

ハンガーはガンハーで
マフラーはフマラーでよかったのに
間違い続ければよかったのに
正さなければよかったのに

正しいことばに背を押され
高殿を降りてゆく
知らない夕空が落ちてきて
見えなくなった階段を
どこまでも
降りてゆく

雪の日

見ただろうと言われた
見なかったと答えた
雪が降っていた

見ただろうとまた言われた
何を見たのだったろう
こんな雪の日に

ミルクをやって一晩飼った子犬が
保健所に連れていかれた
それなら見た
弟と一緒に泣いたのでしょ　こんな雪の日

いつも念仏を唱えていたおばあさんが
コトリと死んだのは　こんな雪の日
それなら見た
話してくれたことは　みんな見た
いっしんに見た

見たわ
松の枝から落ちてきた雪をかぶって

はしゃいでいた姿を
あの日　雪はやわらかいシャワーだった

そして
見た
何が入っているのか分からない黒い鞄
脇腹にある蜘蛛の巣のような青い痣
見たわ
こんな雪の日
河原に横たわる溺死体
段ボールに少女を詰め込む後ろ姿
あり得ることはすべて見た

だから

見た
いま
見ただろうという見知らぬ声が吹き上げてきた
その暗い穴を　見たわ
だから
わたしも
わたしの暗い穴から見知らぬ声を出す
見なかった
見なかった
確実に見たものは　見なかった

見えるのは　ただ　過ぎた雪の日
見えるのは　ただ
へだてられた二つのブラックホールを埋《うず》めてゆく

降りしきる
今日の雪
雪
雪

Ⅲ

トゲチシャ

トゲチシャ、その植物を初めて見たときすぐに入ってしまった。細い茎が街を区切る路のようだったから。たぶん辿ってゆくと家が建っているのだ、誰かが住んでいるはずなのだ。風がときどき吹きつけて乾いた砂塵も舞うけれど、黄色い花びらにはもう人影も見える。あれは萼の椅子に座って合唱している子供たち。睫を光らせ肩を揃えて、綿毛になるのを夢見ている。互生する葉の陰で鶯の鳴き声を真似ているのは老詩人。何でも花に譬えるなんて、と、顔をしかめているけれど、やめることができない。葉裏の棘をわずかに震わせ眠っているのは少年たち。頭花を終えた死者たちは幽かな声で話している。渡れなかった海のこと、愛されなかった夏のこと。かなわなかった思い出はやさしく死後を照らしている。

トゲチシャ、この帰化植物の網状の路地は古典的な造りだ。ここにくる前の、そのまた前の記憶だろうか。石造りのアパートの背後には暗い川面も見えて、見覚えがある。わたしは夕べ飛び交うスズメガだった、陽気に彷徨う金髪の女だった。そうさ、漂っていればいいのさ、耳元で囁く声も聞こえてくる。けれど、この街の窓はどこも閉じられていて、バス発着所だけがやつれてほの暗く目覚めている。この入り組んだ線のほっそりした一本を選んではるか未明に発っていった人はいま、どこの花茎を揺られているのだろう、とおく夢見た落魄はどんなかたちに咲いたのだろう。

トゲチシャ、それにしても、この植物の網状の路地は始まりに辿りつく終わりのように果てがなく、途方に暮れてたたずむと、あ、ノボロギク、オニノゲシ、ケシアザミ、よく似た野草も混入してくるキク科の路は、また、砂塵舞い上がり、吹きさらされて、楕円の宇宙、閉じるのだろうか、開くのだろうか。いまはこの片隅に目を瞑り、あるいは譬えられているのは草ではなくわたしなのかもしれない、咲き終える淡い黄色の頭花となってひっそりとうずくまる。

チューリップ

昼の光が失せてゆく公園で
チューリップが終わりの時を迎えている
その首はいまにも地面に着きそうだが
名前のラベルは凛々しく立って

ローズビューティー
アントワネット

たくさんの歓びが一度にやってきて
ことごとく去っていったから
あんなに人を引きつけたのだ

クィーンオブナイト
モンテカルロ

いまでは懐かしい歌にすぎないが
ときめきもざわめきも
みんなあなたたちのものだった

モナリザ
アトランティス

はかりしれない微笑みと
数え切れない黎明と

アンジェリケ
ズレル

たくさんの歓びと
たくさんの哀しみが
いまかたちをくずしてゆく
呼ばれた名前がつぶやかれ
いまかえされてゆく
かたちのないものへ

振りかえれば
風の中
歌っている
濃い夕闇の中
踊っている
縮れた髪でめいめいに
チュー・リッ・プ

菫まで

追い抜いていった人の顔は見えない
息を吹きかけて硝子窓を拭う少女は
うたを歌っている
夕べの川面が見える病室では
手鏡が揺れている

暗い倉庫の前で

バーナーを当てる人の額から
無数の羽虫が逃げていく

うすいカーテンが閉じられた部屋で
忘れられた出来事は
ひっそりと羽化しはじめている

風は雑木林を通り抜け
丘の上の墓石を目覚めさせる

信号は見え隠れしながら
ずいぶん後ろになって
空の端はまだあかるい

立ち止まったつま先の
こんもりした松の根元で
あえかな根毛は地中にのびる

この夕方の
すべてのむらさきを集めて
なぜ
あなたは咲くのか
誰も知らない

水爆

薔薇の木になぜ棲んでいたのか
わからない
気がついたら　おかあさん
あなたも兄さんもいなかった
けれど
一人きりでもお日さま燦々
おいしい蕾をさくさく食んで楽しかった

でも
あの日突然激しい霧が降ってきて
ぼくは死んだ
あれは水爆だったのかしら?
仰向いた死骸は
どこかに捨てられたけど
蜘蛛の巣の張るベランダの隅で
少しのあいだ気配になって残っているんだ
ウッドデッキに滲んだ体液が消えるまで

聞こえる?　おかあさん
この家の女の人が夫に言ってる
〈小指ヨリモ大キナ芋虫!〉

パンジー

どこか人面に似ているので
いっせいに見られている気がするが
鉢に近づけば首を傾けそれぞれ沈思している
湿った茎の間にそっと手のひらを入れると
ささやき合って息をひそめる
同じ方向を仰いでいるときは
大きな喜びがおとずれているのか

円形の花群はまろび撓む毬のようにも見えるが
むしろひとつの宇宙を思わせ
はるか遠くの天体と引き合っているようだ

〈摘ミ取ルト咲キツヅケテクレルカラ〉

萎れはじめたものをもぎ取っていると
ひんやりした大きな手の影が
夕暮れのベランダを
ゆっくり
よぎってゆく

名乗らなかった木に

その木は街の中のほどよい空き地に
姿の良い少年のように立っていた
たたずまいはハンノキやニレの木に似ていたが
まだ名乗ることはなく
昼はしなやかな枝で空に快活な構図を描き
夜は家々のシルエットにやさしく包まれていた

そばの公園に憩うと
アンズやサクラに似た葉をそよがせて
ひとしきりすがすがしい挨拶をくれ
暑い日は小さな影をつくって呼んでくれた

けれど
ある日
フェンスが空き地を取り囲み
その木は幽閉され
やがて姿が見えなくなった

そして
つまり
すべてはことわりどおりにはこんでいき

その姿の良い少年のような木の
馥郁とした花に出会うことができなかった
葉を落とす繊細な指先を見ることができなかった
年輪を刻む確かな音を聴くことができなかった

夜更け
フェンスの隙間から覗いてみると
生え初めた歯のように建物は育っていて
そのそばで木は粗く伐られて束ねられ
月明かりの中に横たわっている
木のささやかな領土はしらじらと均されて
いずれ人や車が踏み固め
その上を物音や呼び声が飛び交うだろう

そう
木が芽吹くように
人は生まれ建物は立ち
木が伐られるように
人は斃《たお》れ建物は朽ち
すべてことわりどおりに
百年の後
二百年の後
今あるものはすべて失われ
月明だけが変わらずにあるだろう

けれど
ハンノキではなく
ニレの木ではなく

アンズやサクラではなく
姿の良い少年のような名乗らなかった木よ
君に名前をつけたかった

招来

り、り、り、
遠くからやってきた
呼ばれたから
フェンスを越えて
ベランダに降りた
り、り、り、
咲き終えたニオイスミレの根元でのびて

あいらしい蒲柳質がのびて
り、り、り、
ミニバラの鉢に移って
アイビーの鉢に移って
呼んだひとの指にさわられ
り、り、り、
り、り、り、
せまいベランダいっぱいに
模様になって這いずりまわり
繊細な網戸に寄りかかると
あかまんまとは呼ばなかったひとに
はげしく恋われているのが感じられ
硝子窓をノックし入ってゆく
額縁に

本棚に
茶碗の中に
ベッドの中に
眠りの中に
り、り、り、
り、り、り、
何処からきたの
とおいさびしいひなたから
はるかな時間を旅してきたの
乞われたから
呼ばれたから
だから
こうして抱きあい
彩りを落としながら

秋から冬
こうして絡みあい
草でもなく
人でもなく
昼と夜
ただ魂のシルエットゆらして
り、り、り、
り、り、り、
イヌタデが、いっぱい
イヌタデが、いっぱい

渡会やよひ（わたらいやよひ）

一九四九年　北海道枝幸郡歌登町生まれ

詩集

『洗う理由』（一九九〇年　未明舎）
『失踪／ＣＡＬＬ』（一九九五年　未明舎）
『リバーサイドを遠く離れて』（一九九九年　思潮社）
『五月の鳥』（二〇〇四年　思潮社）

現住所　〒〇六二－〇九〇九　札幌市豊平区豊平九条九丁目一―十五―五〇七

途上《とじょう》
著者
渡会《わたらい》やよひ
発行者
小田久郎
発行所
株式会社思潮社
〒一六二―〇八四二　東京都新宿区市谷砂土原町三―十五
電話〇三（三二六七）八一五三（営業）・八一四一（編集）
ＦＡＸ〇三（三二六七）八一四二
印刷
三報社印刷株式会社
発行日
二〇〇九年十月三十一日